AF234194

1901. Juin. 4

VENTE
Du Mardi 4 Juin 1901
HOTEL DROUOT, SALLE N° **10**
à deux heures et demie

AQUARELLES

PAR

G. ROCHEGROSSE

TABLEAUX MODERNES

Aquarelles et Dessins

COMMISSAIRE-PRISEUR
Mᵉ LÉON TUAL
56, rue de la Victoire

EXPERTS
MM. J. CHAINE et SIMONSON
19, rue de Caumartin

CATALOGUE

DES

AQUARELLES

PAR

G. ROCHEGROSSE

ayant servi à l'illustration

"DES TROIS LÉGENDES D'OR, D'ARGENT ET DE CUIVRE"
Par J. DOUCET. Édition de la Librairie FERROUD

ET DES

TABLEAUX, AQUARELLES

ET DESSINS

PAR AVIAT, BERGERET, BONVIN, BOUISSET, DAMOYE, GUILLEMET,
LELOIR (M.), MADELEINE LEMAIRE,
LÉPINE, METTLING, PETITJEAN, ETC., ETC.

Dont la vente aura lieu

HOTEL DROUOT, SALLE N° 10

LE MARDI 4 JUIN 1901

à deux heures et demie

COMMISSAIRE-PRISEUR	EXPERTS
Mᵉ LEON TUAL	**MM. J. CHAINE et SIMONSON**
56, rue de la Victoire, 56	19, rue de Caumartin, 19

CHEZ LESQUELS ON DÉLIVRE LE CATALOGUE

EXPOSITION PUBLIQUE

Le Lundi 3 Juin 1901, de 1 heure 1/2 à 5 heures 1/2

CONDITIONS DE LA VENTE

Elle se fera au comptant.

Les acquéreurs paieront *dix pour cent* en sus des prix d'adjudication.

L'acquisition des tableaux et aquarelles, et notamment celle des aquarelles par Rochegrosse, ne confère pas à l'acheteur les droits de reproduction qui sont absolument réservés.

Prais. — Imprimerie de l'Art. E. MOREAU ET Cⁱᵉ, 41, rue de la Victoire

DÉSIGNATION

AQUARELLES

PAR

ROCHEGROSSE

LÉGENDE D'OR

1 — *La Rue d'Andropolis.*

2 — *La Tentation de la Fillette.*

3 — *La Prédiction de Josias.*

4 — *La Tempéte.*

5 — *Les Hauteurs de Jérusalem.*

6 — *Le Printemps.*

7 — *Sainte Marie l'Égyptienne.*

8 — *Le Lion.*

9 — *L'Assomption de l'Égyptienne.*

28 — *Le Baiser mortel.*

29 — *La Jalousie.*

30 — *Le Meurtre.*

31 — *Le Voyage en Sibérie.*

32 — *La Mine de cuivre.*

33 — *La Boutique de l'Orfèvre.*

34 — *L'Explosion.*

35 — *Le Royaume des Kobolds. Grande page.*

36-37 — *Deux cadres russes.*

TABLEAUX

AQUARELLES ET DESSINS

AVIAT (J.)

38 — *Tête de Femme.*

BEAUVAIS

39 — *Paysage au bord de la mer.*

BERGERET (D.)

40 — *Homards.*

> Toile. Haut., 55 cent.; larg., 73 cent.

41 — *Raisins.*

> Toile. Haut., 30 cent.; larg., 46 cent.

42 — *Crevettes, huîtres.*

> Toile. Haut., 27 cent.; larg., 36 cent.

43 — *Groseilles, prunes, verrerie.*

> Toile. Haut., 58 cent.; larg., 33 cent.

44 — *Crevettes, moules.*

> Bois. Haut., 11 cent.; larg., 22 cent,

45 — *Jeune Italienne.*

> Toile. Haut., 41 cent.; larg., 32 cent.

46 — *Crevettes et huîtres.*

BONHEUR (Rosa)

47 — *Cerf couché.*

Aquarelle.

> Vue. Haut., 20 cent.; larg., 26 cent.

BONVIN (F.)

48 — *Asperges, Cerises, etc.*

Bois. Haut., 20 cent.; larg., 25 cent.

49 — *Fromage blanc.*

Bois. Haut., 20 cent.; larg., 24 cent.

OUISSET (Firmin)

5o — *Les Bluets.*

Aquarelle.

Haut., 87 cent.; larg., 4o cent.

51 — *Les Œillets.*

Aquarelle.

Haut., 87 cent.; larg., 4o cent.

52 — *Les Pavots.*

Aquarelle.

Haut., 54 cent.; larg., 4o cent.

53 — *Les Pavots.*

Aquarelle.

Haut., 6o cent.; larg., 4o cent.

BREST (F.)

54 — *Vue du Bosphore.*

55 — *Vue du Bosphore.*

Aquarelles.

CABANEL (Alexandre)

55 *bis.* — *Marguerite à l'Eglise.*

Esquisse.
Signé et daté 1841.

CHARPENTIER

56 — *Cavaliers arabes.*

CLAUDE

57 — *Fleurs.*

DAMOYE

58 — *Étang en Sologne.*

Toile. Haut., 44 cent.; larg., 82 cent.

DEFAUX

59 — *Cour de Ferme.*

ÉCOLE FRANÇAISE

60 — *Journée du 20 mai 1795 (1 prairial, an III).*

Toile. Haut., 79 cent.; larg., 1 m. 2 cent.

61 — *Portrait de Franklin.*

Toile. Haut., 73 cent.; larg., 52 cent.

ESCALIER

62 — *Tête de Femme.*

GUILLEMET

63 — *Plage de Villerville.*

Toile. Haut., 38 cent.; larg., 56 cent.

ISRAELS (Josef)

64 — *Plage de Scheveningen (Hollande).*

Carton. Haut., 28 cent.; larg., 42 cent.

LECOMTE (Paul)

65 — *Paysage le soir.*

Toile. Haut., 46 cent.; larg., 33 cent.

66 — *Bords de rivière.*

Toile. Haut., 33 cent.; larg., 46 cent.

LELOIR (Maurice)

67 — *La Grise te parvenue.*

Aquarelle.

68 — *Jeune Femme du temps de Louis XVI.*

Aquarelle.

LEMAIRE (Madeleine)

69 — *Diane.*

Haut., 1 m. 3o cent.; larg., 98 cent.

LEMAIRE (Madeleine)

70 — *Fleurs dans un vase.*

> Haut., 2 mètres; larg., 1 m. 28 cent.

71 — *Fleurs dans un vase.*

> Haut., 2 mètres; larg., 1 m. 28 cent.

Deux panneaux décoratifs.

LÉPINE

72 — *Pêcheurs à la ligne sur un pont.*

> Bois. Haut., 16 cent.; larg., 24 cent.

MATHEY

73 — *Paysage.*

74 — *Paysage.*

METTLING

75 — *Tête d'Homme.*

> Toile. Haut., 66 cent.; larg., 56 cent.

76 — *Tête de Vieille paysanne.*

> Toile. Haut., 66 cent.; larg., 55 cent.

77 — *Fillette au capuchon.*

> Toile. Haut., 81 cent.; larg., 65 cent.

METTLING

78 — *Jeunes Amateurs d'estampes.*

Bois. Haut., 30 cent.; larg., 41 cent.

MILAIS

79 — *Le Naturaliste.*

80 — *Dame jouant de la guitare; époque de Louis XIII.*

NICOLLE

81 — *Ruines en Italie.*

82 — *Ruines en Italie.*

Aquarelles.

PETITJEAN (E.)

83 — *Le Clocher du Village.*

Toile. Haut., 46 cent.; larg., 73 cent.

84 — *Village Lorrain.*

Toile. Haut., 49 cent.; larg., 69 cent.

85 — *Village au bord de l'eau.*

Toile. Haut., 50 cent.; larg., 70 cent.

PETITJEAN (E.)

86 — *Bords de rivière.*

       Toile. Haut., 48 cent.; larg., 67 cent.

PERAIRE (P.)

87 — *La Seine, près Meulan.*

PILS

88 — *Étude d'enfant.*

89 — *Étude.*

       Dessin.

90 — *Étude de cheval.*

91 — *La Mort d'une Sœur de charité.*

       Esquisse.

92 — *Jeune Mère.*

       Dessin.

93 — *Étude d'enfant.*

94 — *Étude d'Arabe.*

95 — *Deux Études de cloître.*

REGAMEY

96 — *Le Vagabond*.

    Dessin.

97 — *Marine*.

98 — *Marine*.

99 — Sous ce numéro les tableaux non cata-
logués.

RED. :

16

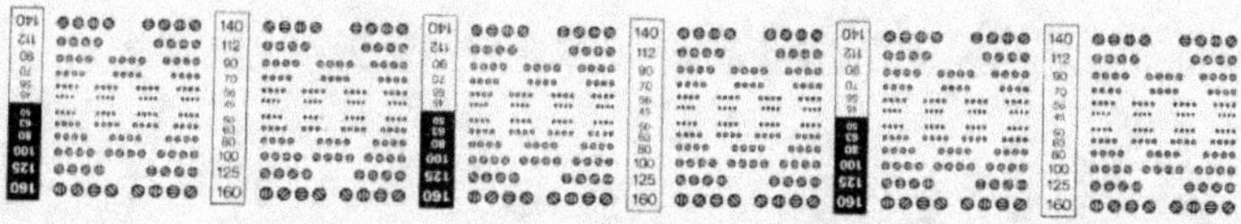

MIRE ISO N° 1
NF Z 43-007
AFNOR
Cedex 7 - 92080 PARIS-LA-DÉFENSE

graphicom
379.69.70

0 1 2 3 4 5 6 7 8 9 10

BIBLIOTHEQUE NATIONALE DE FRANCE

****

CHATEAU DE SABLE

1996